Sylvain Meunier

Le macareux moine

Illustrations
de Élisabeth Eudes-Pascal

D0499668

la courte échelle

Les éditions de la courte échelle inc.
5243, boul. Saint-Laurent
Montréal (Québec) H2T 1S4
www.courteechelle.com

Révision:
Marie Pigeon Labrecque

Conception graphique de l'intérieur:
Derome design inc.

Infographie:
Sara Dagenais

Dépôt légal, 3e trimestre 2007
Bibliothèque nationale du Québec

La courte échelle reconnaît l'aide financière du gouvernement
du Canada par l'entremise du Programme d'aide au développement
de l'industrie de l'édition pour ses activités d'édition. La courte échelle
est aussi inscrite au programme de subvention globale du Conseil des
Arts du Canada et reçoit l'appui du gouvernement du Québec par
l'intermédiaire de la SODEC.

La courte échelle bénéficie également du Programme de crédit d'impôt
pour l'édition de livres — Gestion SODEC — du gouvernement du
Québec.

Catalogage avant publication de Bibliothèque et Archives Canada

Meunier, Sylvain

   Le macareux moine

   (Premier roman; PR160)
   Pour enfants de 7 à 9 ans.

   ISBN 978-2-89021-935-9

   I. Eudes-Pascal, Élisabeth. II. Titre. III. Collection.

PS8576.E9M33 2007   jC843'.54   C2007-940420-0
PS9576.E9M33 2007

Imprimé au Canada

Sylvain Meunier

Sylvain Meunier est né à Lachine, et il a étudié en littérature et en pédagogie à l'Université de Montréal. Il a publié plusieurs romans pour les adultes et aussi pour les jeunes. La série Germain, publiée dans la collection Roman Jeunesse, lui a permis d'être finaliste au prix du Gouverneur général du Canada, à deux reprises, et au Grand Prix du livre de la Montérégie. Pour se détendre, Sylvain Meunier aime gratter sa guitare — même s'il dit ne pas avoir l'oreille musicale —, partir en promenade avec son chien, jardiner et jouer au badminton.

Élisabeth Eudes-Pascal

Née à Montréal, Élisabeth Eudes-Pascal a étudié la peinture à l'Université Concordia et l'illustration à l'Université du Québec à Montréal. Elle a vécu en plusieurs endroits du monde, en France, en Inde, ainsi qu'à l'Arche, un organisme international où l'on vit et travaille avec des personnes ayant un handicap intellectuel. Élisabeth adore dessiner et peindre. Dans ses temps libres, elle lit, fait du vélo, du jogging et de la marche. Elle aime également beaucoup les chats... et le chocolat.

Du même auteur, à la courte échelle

Collection Albums

Série Il était une fois:
Graindsel et Bretelle

Collection Premier Roman

Série Ramicot Bourcicot:
L'hirondelle noire
La paruline masquée
Le macareux moine
Le grand corbeau

Collection Roman Jeunesse

Série Germain:
Le seul ami
Ma première de classe
L'homme à la bicyclette
Les malheurs de mon grand-père

Collection Ado
Piercings sanglants

Consultez les fiches séries et les fiches d'accompagnement au www.courteechelle.com

Sylvain Meunier

Le macareux moine

Illustrations
de Élisabeth Eudes-Pascal

la courte échelle

1
L'île Nue

Ramicot Bourcicot est fier et triste à la fois.

Il est fier de se tenir debout, avec un bâton pour seul appui, sur un rocher de l'île Nue, face à la mer. C'est une victoire incroyable contre la vilaine «Anémie Falciforme», la maladie qu'il déteste tant parce qu'elle a voulu prendre son corps.

Par contre, il est triste de voir sa mère s'éloigner dans une barque, vers le village de Longue-Pointe-de-Mingan, dont les maisons brillent au loin, tels des galets sur la plage infinie.

Sagette, sa soeur, se trouve aussi dans la barque, avec sa meilleure amie, Miya. Et il y a le capitaine, bien sûr, debout près du moteur, les moustaches au vent.

Deux jours sans entendre râler Sagette, quelles vacances!

Carlito, son compagnon d'aventures, se tient trois pas derrière, juste à côté de M. Bourcicot, qui nettoie ses lunettes pour masquer son émotion.

Deux jours, c'est court, mais

sa mère a toujours été auprès de son enfant malade. Quand Rami-cot regarde toute cette eau entre elle et lui, ses yeux picotent. «C'est peut-être à cause du vent», songe le garçon en inspirant très fort.

Car il vente, sur l'île Nue. Il n'y pousse pas d'arbres ni d'arbustes, rien que des plantes courtes et rêches qui colorent sa surface rocheuse de leurs fleurs vives.

De loin, on dirait le flanc bigarré d'une gigantesque baleine endormie, gardée par des monolithes. Ce sont des sculptures naturelles qui ressemblent à de sombres géants, figés sur place par un sortilège maléfique. Les vagues inlassables de la mer les ont taillées pendant des millions d'années.

— Si on faisait un tour? suggère papi. L'après-midi s'achève. Les macareux doivent rentrer au nid.

— Allons-y! réplique aussitôt Ramicot, content que son père ne

lui ait pas demandé s'il se sentait encore la force de marcher.

— Et restons dans les sentiers! ajoute papi à l'intention de Carlito, qui a tendance à oublier les consignes.

C'est que la circulation désordonnée des visiteurs pourrait menacer le fragile équilibre de la vie sur l'île.

2
Le macareux de bois

L'Archipel-de-Mingan, situé près de la côte nord du golfe du Saint-Laurent, abrite de nombreuses espèces d'oiseaux marins. C'est pour les observer que Ramicot a convaincu ses parents de s'éloigner de ses médecins pendant une semaine.

Le plus fameux de ces oiseaux

est le macareux moine. Il mesure une trentaine de centimètres. Il a le ventre blanc, les pattes d'un vif orangé et les ailes courtes.

Sa popularité lui vient cependant de son bec énorme qui, en été, se marbre de couleurs vives, du jaune au rouge. On le surnomme le «perroquet des mers».

Non loin de l'île Nue, sur l'île aux Perroquets, justement, il y en a des centaines. Mais l'accès en est difficile, impossible pour Ramicot.

Qu'importe! Les yeux dans ses jumelles, il repère plusieurs familles nichées dans la paroi d'un monolithe qui fait penser à un buste de pirate. La cavité sombre d'où s'envolent les oiseaux évoque l'oeil noir du bandit des mers.

Le garçon ne se lasse pas de suivre les macareux, qui s'élancent en ligne droite au-dessus de l'eau. Ils ne cessent de battre des ailes, comme s'ils faisaient la course.

— Sous l'eau, ils nagent en continuant le même mouvement, sans utiliser leurs pattes, explique Ramicot à son ami, étonné.

Papi arrive derrière les garçons.

— C'est l'heure de rentrer au campement, les gars! Demain, on aura sans doute l'île à nous seuls.

C'est une grande chance. La saison touristique s'achève, et en ce milieu de semaine, aucun touriste ne s'est présenté dans cette partie de l'archipel.

Or, on prévoit un temps exceptionnel! La nuit sera douce et, le jour, sous le soleil, on dépassera les vingt-cinq degrés.

En se relevant, Ramicot aperçoit quelque chose sous une plaque d'herbe aux fleurs orangées.

— Qu'est-ce que c'est? demande Carlito, en voyant Ramicot se pencher.

Ramicot tend un morceau de

bois gris vers le soleil et le tourne dans tous les sens.

— On dirait un macareux changé en bois!

— C'est vrai, constate son père. La mer est une artiste étonnante!

Avec un brin d'imagination, tout y est: les ailes déployées, le bec rond auquel il ne manque que les couleurs, et même deux protubérances qui annoncent les pattes.

— C'est le perroquet du pirate qui est tombé! plaisante Carlito. Les pirates ont toujours un perroquet sur l'épaule.

— Crois-tu vraiment que c'est la mer qui a fait ça, papi? demande Ramicot. Il n'y a pas de bois sur l'île.

— Le fleuve charrie une quantité infinie de branches mortes,

de toutes les formes imaginables, répond M. Bourcicot. Ce qui est extraordinaire, c'est que c'est toi, mon Ramicot, qui as trouvé celle qui ressemble à un macareux!

— Je peux l'emporter?

— C'est interdit de prélever des choses sur l'île, mais je suppose qu'on peut fermer les yeux sur un bout de bois de grève.

3
Nuit blanche
et matin inquiétant

Pour leur premier repas sur l'île Nue, les campeurs ont opté pour un grand classique: des hot dogs grillés sur le feu, à la pointe d'une baguette.

Carlito a échappé deux saucisses dans les braises. Heureusement, le père de Ramicot avait prévu le coup et, finalement, le garçon a probablement mangé un peu plus que de raison.

Ramicot, lui, à force d'être malade, a pris l'habitude de manger lentement. Le soir descend en douceur sur la mer lisse. L'air est pur et frais. Il n'y a jamais de moustiques sur l'île Nue.

— Si on compte les sept pre-mières étoiles à apparaître, on peut formuler un voeu, raconte papi.

Aussitôt, les garçons lèvent le nez au ciel. Ramicot se dit qu'il ne pourrait pas être mieux qu'en ce moment. Sa maladie est restée en ville. Il a la mer à perte de vue devant lui et, derrière, une île dé-serte.

À la septième étoile, il fait le voeu de guérir définitivement. Ensuite, le firmament se remplit.

— Oh! fait Carlito. On dirait qu'il neige des étoiles!

— Il n'existe aucune pollution lumineuse ici, explique papi. Ça va être merveilleux pour dormir.

Hum! Ça dépend pour qui...

Les garçons et M. Bourcicot

ont monté deux petites tentes. Le camping de l'île n'offre que trois emplacements et aucune commodité sauf la cabine des toilettes. L'abri d'urgence est à presque un kilomètre de marche. C'est ça, du camping sauvage!

— J'espère que vous n'aurez pas peur, les gars.

— Pas de danger! répondent ceux-ci.

Ramicot dépose le macareux de bois sur la table à pique-nique. Il a passé l'âge de coucher avec des nounours. Puis les garçons ferment leur tente et se pelotonnent dans leurs sacs de couchage.

Il est 22 h.

Carlito rallume aussitôt la lampe de poche qu'il vient d'éteindre.

— Eh! il y a une «bibitte» dans mon sac de couchage!

Vite, il faut déployer le sac et l'examiner sous toutes les coutures. Pas le moindre insecte ailleurs que dans l'imagination du garçon. Papi, dans l'autre tente, entend le remue-ménage.

— Ça va, les gars? demande-t-il.

— Pas de problème! lancent-ils.

— Alors, dodo!

Cependant, M. Bourcicot ne nourrit pas trop d'illusions.

À 22 h 37, Ramicot lâche un pet retentissant. Carlito pouffe de rire en feignant l'asphyxie.

— Ce n'est pas de ma faute, plaide Ramicot. C'est à cause de ma maladie.

— Pas sûr… doute Carlito.

À 23 h 04, un oiseau non identifié pousse un long hurlement, comme s'il se réveillait d'un cauchemar.

— Qu'est-ce que c'est? demande Carlito.

— Un oiseau.

— Quelle sorte?

— Je ne sais pas, avoue Ramicot.

— Es-tu certain? On aurait dit un fantôme.

— Tu as déjà entendu crier un fantôme, toi?

— Non, admet Carlito.

Hélas! le raisonnement n'est guère utile dans de telles circonstances. Les deux garçons demeurent aux aguets et ne s'endorment pas.

À 12 h 12, Carlito a brusquement envie de pipi.

— Et alors? Ça ne t'arrive jamais, à toi? bougonne-t-il quand Ramicot se plaint qu'il était sur le point de s'endormir.

— Non, je me suis habitué à endurer. C'est trop compliqué pour moi de me lever.

— Tu peux surveiller pendant que j'y vais?

Ramicot se plie à la demande de son ami et passe la tête dans l'ouverture de la tente.

Il ne le regrette pas. Il y a moins d'étoiles car la Lune, presque pleine, s'est levée. Par contre, sa lumière caressante se mêle à celle des aurores boréales. La mer est un miroir enchanté.

Quand Carlito a fini d'arroser la pierre la plus proche, les deux copains demeurent un long moment à contempler les spectaculaires arabesques lumineuses. La fraîcheur de la nuit leur impose de se retrancher dans le fond de leurs sacs de couchage.

Ils placotent un bon moment. Et à force de placoter, Carlito finit par attraper une petite fringale. Heureusement, il a une réserve de biscuits dans son sac.

Passé 2 h, ils sont enfin prêts à s'endormir. C'est à cet instant que, dans la tente voisine, le père de Ramicot se met à ronfler comme un autobus.

Impossible de ne pas rire, et impossible de s'endormir en riant! Carlito a une solution.

— Je compte jusqu'à trois et, d'un coup sec, on crie «Chut!». Ça marche avec mon père, et il ronfle dix fois plus fort que le tien.

Les garçons s'exécutent. Brisé dans son rythme, le ronflement s'étouffe.

Sauf qu'il faut recommencer à zéro, retrouver une position confortable pour amadouer le sommeil.

«Bouhou! Bouhou!»

— Qu'est-ce que c'est que ça? s'exclame Ramicot, effrayé.

— Ça, ce sont des bateaux qui se croisent au large.

Carlito a une fascination pour les moyens de transport. Ramicot est rassuré, mais l'endormissement, encore reporté.

Et voilà que les oiseaux commencent à se réveiller. Ils appellent le soleil. En effet, une clarté naissante s'infiltre dans les interstices de la tente, saluée par la montée d'une joyeuse cacophonie.

Bon! Maintenant que la nuit est passée, les garçons vont peut-être enfin s'endormir, quitte à faire la grasse matinée.

«CRIC! CRAC!»

— Tu as entendu? souffle Carlito.

— Quelqu'un marche! confirme la voix blanche de Ramicot.

Les deux garçons se serrent l'un contre l'autre. Aucun doute: quelque chose marche tout près de la tente! C'est un pas lourd et lent.

Ils sont déjà effrayés, mais leur terreur grimpe au maximum quand ils entendent les grognements.

«Grrr! Grrr!»

Et la voix!

«Paarrtez! Paarrtez! Le pirate de l'île est fâââché!»

— Papi, arrête! Ce n'est pas drôle! crie Ramicot.

Or, juste à ce moment, comble de l'horreur, son père se remet à ronfler!

Les garçons, eux, ne respirent carrément plus.

Les pas s'éloignent. Ouf! Plus question de dormir!

Ils s'habillent avec précaution. Puis, la lampe de poche à la main, au cas où ils devraient se défendre, ils attendent que le père de Ramicot se réveille.

Une grosse heure plus tard, ils entendent le bruit de la fermeture éclair. Ils se hâtent de sortir.

— Papi! Papi! Quelqu'un est venu rôder.

— Quelqu'un? répète M. Bourcicot. Voyons donc! Il n'y a que nous sur l'île.

— Je vous le jure, monsieur Bourcicot, on a d'abord entendu des pas, comme ceux d'un gros animal, appuie Carlito.

— Hum! Même une souris ne vivrait pas ici.

— Il a grogné, puis parlé.

— Parlé? Et qu'avait donc à dire cette étrange créature?

— Que le pirate de l'île est fâché, qu'il faut partir.

— Le pirate de l'île! Vous avez trop d'imagination, les gars. En tout cas, moi, je n'ai rien entendu.

— Il ne parlait pas fort.

— Vous avez dû rêver. Au fait, avez-vous dormi?

— Euh… oui, c'est-à-dire pas toute la nuit.

— Ah! Le manque de sommeil peut expliquer beaucoup de choses. Qu'importe! On est en vacances, et un bon petit-déjeuner vous fera oublier ces mauvais rêves.

Passant aux actes, M. Bourcicot se dirige vers la table sous laquelle la glacière est rangée. Alors, Ramicot pousse un petit cri:

— Papi! Regarde sur la table!

— Sur la table? Il n'y a rien sur la table, mon Ramicot.

— Justement! Mon macareux de bois! Il a disparu!

— Il a dû tomber…

Eh bien, non! Les garçons ont beau chercher partout, aucune trace du macareux de bois!

4
Le pirate de l'île

Papi fait cuire des oeufs et du bacon dans une poêle noire. L'odeur de la friture mêlée à l'air salin est affriolante.

Les garçons mangent d'un bon appétit, sans cesser de chercher des explications à la disparition du macareux.

M. Bourcicot persiste à nier la présence d'autres personnes ou encore d'animaux sur l'île.

— Les conditions sont trop rudes. Il n'y a que peu de nourriture et aucun abri pour se cacher. Et imaginez ce que ce doit être en hiver!

— Pourtant, on l'a entendu clairement, insiste Carlito.

— Vous avez entendu un bruit, précise le père de Ramicot. Votre imagination a créé le reste. D'autre part, ce n'est pas parce que deux événements se produisent à bref intervalle qu'ils sont nécessairement reliés.

— C'est peut-être un oiseau prédateur qui a pris le morceau de bois pour une proie, raisonne Ramicot.

— Il se serait aperçu de son erreur, objecte Carlito.

— Oui, mais il ne l'aurait pas rapporté à sa place. Il l'aurait laissé tomber plus loin.

— Ça se peut, reconnaît M. Bourcicot. Tu t'y connais mieux que nous en oiseaux, Ramicot. Quoi qu'il en soit, nous avons la journée pour arpenter l'île. Rien ne pourra nous échapper.

Finalement, les garçons admettent du bout des lèvres qu'ils ont peut-être été victimes de leur imagination.

Avant de partir, M. Bourcicot téléphone à son épouse avec son cellulaire, pour l'assurer que tout se passe bien. Il ne dit rien des incidents du matin, histoire de ne pas l'inquiéter.

Les garçons jugent aussi, avec beaucoup de sérieux, que c'est mieux de garder ça entre hommes.

Ramicot aurait bien aimé taquiner Sagette, car il est sûr qu'elle va s'ennuyer à traîner dans le motel, à regarder la télé. Mais Sagette est partie faire un tour avec Miya.

Et voilà les trois compères sur le sentier des macareux! Ils apportent un pique-nique préparé la veille. Bien qu'il jure le contraire, la nuit sans sommeil a affaibli Ramicot, et le groupe progresse lentement.

De toute façon, il y a mille raisons de s'arrêter. Outre les macareux, il y a les mouettes et les goélands, les sternes et les cormorans, les canards divers.

Tant d'espèces à découvrir, à observer et à photographier! La journée passe sans qu'on reparle des événements de la nuit.

Ramicot et Carlito gardent l'oeil ouvert, au cas où ils apercevraient la trace d'une présence quelconque. À l'occasion, ils tournent les jumelles vers l'intérieur de l'île afin de scruter les courbes rocailleuses.

Rien. Les seuls mammifères qui fréquentent l'île sont les phoques. Ils prennent des bains de soleil sur le rivage.

Les randonneurs pique-niquent sur le flanc ouest de l'île.

— Dire qu'une part de toute cette eau est d'abord passée par Montréal, près de chez nous, à presque mille kilomètres d'ici! songe à haute voix M. Bourcicot.

— C'est tellement grand, le Québec! ajoute Carlito.

Les sandwichs aux oeufs, gardés au frais dans un sac isolant, ont un goût formidable. Il y a aussi des bâtonnets de céleri et de carottes, des gâteaux et de l'orangeade. Un vrai repas de fête!

Le soleil est bon. Étendus sur le dos, les deux garçons s'endorment sans s'en rendre compte.

C'est Ramicot qui ouvre les

yeux le premier. Il cherche son père. Ne le voyant pas, il se redresse et saisit son bâton. M. Bourcicot est juste un peu plus loin, au téléphone.

Ramicot se dirige vers lui. Il l'entend dire: «Parfait, les filles!» juste avant d'appuyer sur le bouton pour interrompre la communication.

— Ah! Ramicot, tu es réveillé.

M. Bourcicot a l'air d'avoir été surpris en train dc faire un mauvais coup.

— À qui parlais-tu, papi?

— À ta mère, évidemment. Et je saluais les filles.

On dirait que papi veut changer de sujet.

— C'est quand même bien que mon téléphone cellulaire fonctionne ici.

— Tu avais déjà appelé ce matin…

— Et alors, jeune homme? N'ai-je pas le droit de parler à la femme de ma vie aussi souvent que je le veux?

Carlito arrive à son tour en se frottant les yeux.

— Voilà une sieste qui sera salutaire! conclut M. Bourcicot.

— Qu'est-ce que ça veut dire, salutaire? demande Carlito.

— Qui vous fera du bien. On se remet en route?

Et le groupe repart joyeusement. Les garçons veulent être photographiés près de chaque monolithe qu'ils croisent. Carlito essaie toujours de grimper le plus haut possible.

C'est amusant de chercher à quoi font penser les formes. Souvent, il faut tourner autour pour qu'apparaisse une figure. Les garçons ont trouvé une grenouille, un chien qui jappe, plusieurs dinosaures, sans oublier le pirate de la veille.

Justement, le voilà qui se dresse de nouveau au bout du sentier. Il n'en faut pas plus pour ramener à l'esprit des garçons les incidents de l'aube.

— Comment expliques-tu, demande Ramicot à son père, qu'on ait imaginé la même chose en même temps?

— Oh! ce ne serait pas la première fois qu'un tel phénomène se produit. Surtout avec des amis tels que vous.

Les garçons se laissent convaincre. Dans sa tête, cependant, Ramicot ne parvient pas à classer l'affaire. La manière d'agir de son père n'est pas naturelle.

— C'est ici que tu as ramassé ce macareux de bois, lui rappelle ce dernier. Peut-être pourrais-tu trouver d'autres merveilles!

Le sol est couvert de galets et il n'y a guère d'autre endroit où

chercher que dans la même plaque d'herbe aux fleurs orangées.
Ramicot s'approche et, délicate-
ment, fouille avec le bout de son
bâton de marche.

Tout à coup, sa respiration s'arrête, son coeur se serre. Il cligne
des yeux, incrédule.

— Ça, c'est extraordinaire!
marmonne-t-il.

— Incroyable! renchérit Carlito, qui le suivait.

— Papi, regarde! Le maca-
reux! Il est revenu!

Ramicot est tellement impressionné qu'il n'ose pas le toucher. C'est son père qui le ramasse. Il le tient dans sa grosse main d'ébéniste et l'examine.

— Quelle ressemblance, en effet!

— Voyons, papi! proteste Ramicot. Il ne lui ressemble pas: c'est lui!

— Il est revenu à son maître! souffle Carlito d'une voix chevrotante.

Et les deux garçons tournent un regard effaré vers le monolithe du pirate. Son oeil noir les nargue du haut de ses dix mètres de pierre.

5
La danse des baleines

Le retour au camp s'effectue dans un silence angoissant. Ramicot et Carlito préféraient ne plus déplacer le macareux de bois, mais M. Bourcicot l'a emporté.

Il tient à démontrer aux garçons qu'il ne faut pas se laisser impressionner. Pour lui, ces mystérieux incidents ne sont que d'étranges coïncidences.

Le repas est fameux. La mère de Carlito avait mis son délicieux chili en conserve spécialement pour le voyage. Et la nourriture paraît meilleure encore quand on mange en plein air.

Ensuite, les garçons aident à nettoyer les couverts.

— Des baleines! s'exclame tout à coup Carlito.

Ramicot et son père lèvent aussitôt la tête. Ils aperçoivent à leur tour les demi-cercles noirs caractéristiques des baleines qui font provision d'air avant de replonger.

Les grands mammifères marins s'approchent tellement du rivage qu'on distingue leur nageoire dorsale et l'élégant V de leur queue.

— Elles sont au moins cinq, compte M. Bourcicot.

— On dirait une sorte de danse, remarque Ramicot.

— Elles tournent en rond pour regrouper la nourriture au milieu

et là, d'un coup de gueule, elles se paient un joyeux festin.

Armés de jumelles, Ramicot et Carlito s'avancent le plus possible vers le rivage.

Le troupeau se déplace lentement vers la pointe de l'île, là où se trouve l'abri d'urgence.

C'est au tour de Carlito de regarder dans les jumelles, et voilà que, tout à coup, il pousse Ramicot du coude.

— Regarde!

Intrigué, Ramicot s'empare des jumelles et fixe le point que lui indique son ami.

— Oh! Eh bien, ça alors! s'étonne-t-il. Il me semblait, aussi…

Et les deux garçons de chuchoter mystérieusement.

M. Bourcicot, qui finissait de

ranger, les interrompt.

— Ce soir, c'est la pleine lune. On en profitera pour veiller tard. On se fera griller des guimauves.

Hum! Qui pourrait résister à une guimauve dorée à point?

6
Tel est pris
qui croyait prendre

Sur un site comme l'île Nue, la pleine lune d'août est magique. On se croirait presque au grand jour. La mer semble recouverte d'une nappe infinie aux reflets bleutés.

On entend le plongeon des baleines de loin en loin. Chaque fois qu'un oiseau ouvre un oeil, il chante, croyant annoncer le lever du jour. Les phoques, eux, poussent des plaintes angoissées.

Papi Bourcicot chante des chansons traditionnelles créoles,

dont les garçons répètent tant bien que mal les refrains.

À un moment donné, papi se rend aux toilettes. Il y reste de longues minutes.

— Il en met du temps, ton père!

— Je pense que ça fait partie du plan. On ne se laissera pas avoir. Viens, Carlito.

Ramicot saisit les jumelles et son bâton, puis descend vers le rivage.

— Ah! Je le savais, s'exclame-t-il. Elles s'en viennent. Vite, préparons-nous à les recevoir.

Deux minutes plus tard, les garçons se sont éloignés du camp avec ce qu'il faut pour une contre-attaque improvisée. Ils se sont installés à un endroit stratégique et observent.

Deux silhouettes apparaissent au loin, sur le rivage. Elles sont accroupies et portent des couvertures. Elles attendent. Constatant que rien ne se passe, elles se lèvent doucement, puis s'avancent vers le bivouac.

Maintenant, on voit très bien que ce sont des filles. Elles ont sur la tête un sac de papier sur

lequel un visage de pirate a été
dessiné.

Ne voyant toujours personne,
elles retirent leur masque. Les
longs cheveux noirs de Miya se
déploient sur ses épaules.

— Papi! appelle Sagette.

M. Bourcicot sort aussitôt des toilettes. Il regarde la scène d'un air effaré.

— Où sont les garçons? demande-t-il d'une voix inquiète.

— J'allais te poser la même question! réplique Sagette.

M. Bourcicot s'approche du feu et cherche le macareux de bois qui était posé par terre, là où était assis Ramicot.

— Oh non! Ils sont sûrement retournés au rocher du pirate.

— C'est assez le genre d'idée qui passe par la tête de mon frère, en effet! persifle Sagette.

— Il fait si clair que ce n'est pas tellement dangereux, intervient Miya.

— C'est que Ramicot est encore fragile, reprend M. Bourcicot.

Vite, rattrapons-les!

Il tourne prestement les talons et, les filles à ses côtés, il s'élance sur le sentier.

Mais au premier tournant: «WOUOUAAHHH! WOUOUAAHHH!»

L'homme s'arrête net et les filles poussent un long cri de terreur. Devant eux a surgi la plus étrange créature qui soit.

Un être informe, surmonté de deux yeux grands comme des oeufs qui projettent une lumière éblouissante. Et entre ces invraisemblables yeux, le macareux de bois!

«WOUOUAAHHH! WOUOUAAHHH!»

Les filles hurlent encore. M. Bourcicot laisse échapper un bref rire.

— Ça va, les gars, vous nous

avez eus! Attention de ne pas tomber, Ramicot.

Il s'avance vers le monstre et tend les bras pour ramener son fils à terre.

Celui-ci était à cheval sur les épaules de son ami. Enveloppé dans son sac de couchage, il tenait à bout de bras les lampes de poche allumées et le macareux de bois.

Quelques minutes plus tard, ils sont cinq autour du feu à faire griller des guimauves.

— C'est moi qui vous ai démasquées pendant que je suivais une baleine avec les jumelles, se vante Carlito.

— C'était arrangé avec toi, hein, papi? interroge Ramicot.

— Je l'avoue! Le capitaine a collaboré aussi en ramenant les filles discrètement. Elles ont couché dans l'abri d'urgence. On a voulu mettre un peu de piquant dans l'excursion et donner une belle journée tranquille à votre mère.

— Et le macareux de bois?

— Ah non! Ça, c'est vraiment ta trouvaille.

Et Sagette ajoute, bougonnant à sa manière:

— Et puis, on n'est plus dans l'ancien temps, pour que les gars partent à l'aventure pendant que les filles attendent à la maison!

Le lendemain, tout le monde reprend le bateau pour retrouver mamie qui attend sur le rivage. On ne manque pas, cependant, de faire un détour par l'île aux Perroquets, pour un dernier adieu aux macareux.

Et les macareux font la fête aux voyageurs. Ils volent si près de l'embarcation que les enfants peuvent presque les toucher.

Ramicot rit de plaisir et même Sagette se laisse attendrir par ce joyeux froufrou multicolore.

Table des matières

Achevé d'imprimer en août 2007
sur les presses de l'imprimerie Gauvin,
Gatineau, Québec